群鸟的奇迹

若热·亚马多 著

若安娜·里拉 绘

安娜·米兰达 评

樊星 译

人民文学出版社

最近一次群鸟的奇迹发生在阿拉戈斯州，
圣弗朗西斯科河两岸。

奇迹发生在圣弗朗西斯科河岸的皮兰尼亚斯城，在一个热闹非凡的集市上。数百名居民都可以证明这一点，他们来自于各个阶层，既有抗击过兰皮昂①的巨富贾尔德·哈马里奥上校，也包括从内陆赶来卖玉米和木薯粉的贫苦农民。见证这一刻的还有一位名人，也就是伊洛伊萨·拉莫斯太太。作为小说大师的遗孀，城市特地为她举行了欢迎活动。众所周知，她从不撒谎，因而她的证词使这件

---

① 兰皮昂是二十世纪二三十年代巴西东北部最知名的土匪领袖。

事更加可信。

事件的主人公是乌巴尔多·卡帕多西奥与林多尔夫·伊塞吉埃尔。前者是一位通俗作家、大众诗人与情诗高手，在这三项才能上都获得了群众的认可与广泛的称赞。后者则是一名上尉，即便在遍地都是勇士的阿拉戈斯，其勇敢残酷也无人不晓。时至今日，人们也不清楚他究竟是哪个部队的上尉，但他靠把人送进墓地来获得肩章，因为使他成名的职业是枪手（他以此获得金钱与荣誉）与萨博的丈夫——这份职业要求他有足够的才能、活力，并对所有男性施以暴力威胁。因为萨博——说句实话——无论对其丈夫的身份还是丑陋的脸，又或是致命的武器都满不在乎，永远都笑嘻嘻的。圣弗朗西斯科河岸的所有男人都想得到萨博，无论单身的还是结婚的，订婚的还是同居的，甚至包括那些未满十四岁的小孩儿。但是一想到她丈夫的狂怒，一想到枪口下的死亡，有勇气的就只剩下萨博自己；爱慕者们纷纷屏住呼吸，强迫自己无视萨博的投怀送抱。

乌巴尔多·卡帕多西奥则迎了上去。这并非因为他勇气超群，而是因为他不了解当地的情况。他是一个外乡人，来这里是为了寻找读者，在热闹的集市上推销休闲读物——而其中的最后一本，《女富豪与狼人的姘居故事》，一定会大获成功，这也是应该的——他在集会上演奏优美的乐曲，创作即兴的诗行，又在款待他的床上休息，在混血女人的乳房上忘却生活的抗争。无论其目的如何，他都与枪手狭路相逢，那时他正穿着一件女式上衣，那件衣服如此短小，其实就是萨博粉红色性感睡袍的上半部分。

诗人乌巴尔多·卡帕多西奥面容俊美，令人心动。他是一名高大英俊的混血儿，长发蓬松、笑容

温和，言谈之中，既有令人捧腹的笑话，又有彰显学识的词语，无论到哪儿都能出口成章。在巴伊亚与塞尔吉皮的广袤腹地上，他常常履行职责，制造欢乐，是受人欢迎的重要人物。人们常常不远千里地将他找来，以便为洗礼、婚礼或葬礼助兴：在向新人祝酒时，没有人比得上他；守夜的时候，他也是讲故事的好手，甚至能让死人或笑或哭。这并非夸张的修辞，而是确有其事，有人看到了那一幕，他们可以作证。在众多见证者中，我只提两个名字：卡拉桑斯·奈托大师与伊塔布纳诗人弗罗里斯瓦尔多·马托斯。当乌巴尔多·卡帕多西奥讲述那只出现在马拉格吉皮的鲸鱼时，他们亲耳听到死者阿里斯托布鲁·奈格里图德发出爽朗的笑声。尽管那时他就躺在棺材里，死得不能再死了。我就不提画家卡里贝了，因为他是个谎话连篇的人。按照他的说法，奈格里图德不仅笑了，还为这个故事增添了一些（下流的）细节。知情人士普遍认为那些下流的细节是卡里贝杜撰的，他的人品令人生疑，因为阿里斯托布鲁不是那种会在别人的故事上添油加醋的人，而是一具高雅的死尸。

狂欢舞会上的情况则更不用说，乌巴尔多·卡帕多西奥展现了全部风采。他那抱在胸前的风琴，那喝完甘蔗酒之后嘶哑的嗓音，那苦苦哀求的淫荡眼神，还有正弹奏着的爱情咏叹调，不仅让少女贵妇心驰神往，也赢得了姘妇和幼女的芳心，甚至还有难以慰藉的寡妇——安慰寡妇一直是他慷慨天性中的一部分。深切的叹息，热烈的承诺，也同时伴随着复仇的威胁。但他毫不畏惧，勇往直前。

他天生喜爱游荡，无论在巴伊亚或是塞尔吉皮，都仿佛在自家一样。美貌与名誉，她们可曾想过？即使有那么多女人，他却对每一个都忠贞不二、矢志不渝。他不曾与任何一个分手（除了布劳利娅，但是布劳利娅，我的天啊……），也不曾与任何一个告别，不曾将任何一个赶走。没错，她们是自己走的。当知道还有其他女人，还有其他很多女人之后，这些荡妇声称遭到了侮辱与背叛——就好像一个流浪诗人，在离家的几个星期或者几个月里，当真能够保持贞操似的。这种粗暴的分手从不是卡帕多西奥主动提起的，而且让他很受伤害。当他失去了一个女人时，感觉就像失去了生命中唯一的女人一样。他有很多女人，每一个都是唯一的，不理解这个谜题的人就不懂得爱情的奥秘。既然卡帕多西奥从不缺乏力量与决心，能够在床上与情感上满足她们每一个人，既然他的能力超群、花样翻新，如此忘恩负义的事情为何会接二连三地发生，这种自私的排外主义又是多么荒谬？

也有些女人没有走，反而能够和睦相处。所以当皮兰尼亚斯城的奇迹发生时，三十二岁的乌巴尔多·卡帕多西奥供养了三个家庭，其收入来源则是通俗报刊、手风琴、提琴、嘶哑的嗓音以及诗歌的韵律——韵律优劣并不重要，它们终归是诗歌，并且能养活他的三个妻子、所有的姘妇以及九个孩子——其中三个还是养子。

两个家庭已经完全建成——既有妻子也有孩子，而第三个家庭还没有子嗣。罗斯科勒与他新婚不久，才刚刚度完蜜月，还没有时间怀孕生产，却是三个妻子中最昂贵的。她花钱如流水，疯狂迷恋着饰品、戒指、手链、货币。作为回报，这位人间尤物仿佛是蜂蜜与辣椒的混合体。

卡帕多西奥既是一名多产作家，也是一位多产父亲。在他的九个孩子中，我们已经说过，只有六个是他的血脉，其中三个是罗密尔达生的，三个是瓦尔德里斯生的。三个养子中，最大的是随罗密尔达一起来的。这位混血姑娘当初决定抛弃她在阿拉卡茹做生意的丈夫，依从着魔幻的弦音，追随孤独忧伤的诗人。他之所以孤独忧伤，是因为一旦爱上了确定的某个人，心思便都在她一个人身上，纵使日夜都有他人陪伴，也无法改变孤独的命运——只有那个女巫能破除孤独忧伤的咒语，陪伴着他，使他开怀。看到诗人颓废的样子，罗米尔达的心软了下来。她收拾好行囊，却提前交代：我离开丈夫，但要带着孩子，我不会同他分开。他就是我的儿子，卡帕多西奥夸张地咆哮着，将一只手放在胸前。别说是一个孩子，就是三个四个他也都会接受。他痴迷于床上的罗密尔达，渴望触碰她的乳房，抚摸她的大腿。带上你的儿子，带上你的侄子，把你全家都带来，只要你愿意！

为了向诗人致敬，第二个孩子取名为但丁。他是卡帕多西奥与瓦尔德里斯收养的。在母亲去世时，他还只有六个月，并患有严重的痢疾。不能将他交给生父——那是个喜怒无常的酒鬼。贝尔纳尔多·萨本萨根本不会带小孩，更何况还带着痢疾与臭气。

而第三个孩子的姓氏"豚鼠"则源于他旺盛的食欲。关于他，人们一无所知，无论是父母、年龄还是姓名。但他们在腹地路上捡到他时，他正在吃泥土——虽然没有营养，却并不难吃。他们检查了"豚鼠"的容貌与性情：金黄的头发、湛蓝的眼睛、灵巧的双手，能够夺去一切靠近手边的东西。瓦尔德里斯，这位业余心理学家，断定他的父亲是一名农场主或者博士，或者富豪，而其他方面则得益于他那肤色较深的母亲。

为了满足一些人对于精准细节的好奇，我就再补充一点：乌巴尔多与漂亮的罗密尔达住在塞尔吉皮州的拉加尔多，而瓦尔德里斯-卡帕多西奥之家则在巴伊亚州阿玛尔戈萨的巴拉翁纳斯胡同。年轻

的罗斯科勒也在巴伊亚忍受着相思之苦,她住在日济耶的郊区,那可是个大城市。乌巴尔多·卡帕多西奥同她们三个一一告别,很快就会再见的,因为永不相见的只有葬礼上的尸体。他来到了著名的阿拉戈斯州并在此谋生。这里的人命不值分文,诗歌却备受推崇,一个优秀的诗人不仅能够赚到金钱,受到敬重,倘若鼓起勇气,还能成为混血美女们的"床上客"。

他在广袤的阿拉戈斯腹地行走,旅途可谓一帆风顺。无论在聚会、市集、洗礼甚至是阿拉皮拉卡的圣弥撒上,乌巴尔多·卡帕多西奥,连同他的风琴、提琴还有装满通俗刊物的小箱子,不仅挣得了几许钱财,更收服了许多真心。他最终沿着圣弗朗西斯科河岸走到了皮兰尼亚斯。这是座知名的城市,不仅因为它秀丽的风光与成片的住宅,更因为曾反抗过兰皮昂团伙的暴行——关于这一点,旧时的上校都广为传颂。还有另一个引以为豪的原因，就是在城市密不透风的石墙之中，庇护着我们已经提到过的上尉林多尔夫·伊塞吉埃尔与他的妻子萨博。尽管前面也已经提到过，但她无疑值得更详细的描绘。不仅因为她漂亮的身材与走路的舞姿，还有她深渊般不安分的屁股。同样吸引人的还有她脸部的曲线，而那对嘴唇——这个疯女人总是咬它们，为了使它们变得更红，也为了表明她愿意，她已经欲火焚身，如果可以的话——唉——还表明了其他许许多多的什么与为什么。萨博不是人，而是恶魔置于皮兰尼亚斯的诱惑。但是谁有胆量呢？兰皮昂曾经说过，这里是勇士的故乡，是英雄的热土；但是林多尔夫·伊塞吉埃尔已经杀死了不少猛士，有的是受人之托，为了赢得一大笔薪金，供养他虚荣的妻子，也有的是出于私心，行动完全免费，只因为怀疑死者对纯洁的萨博不怀好意。以他

丈夫的视角来看（虽然出于醋意却不失公允），萨博就像一只纯洁的小白鸽。而为了女人，诗人乌巴尔多·卡帕多西奥屡次陷入慌乱的境地。他跳过窗户，越过栅栏，翻过围墙，穿过密集的灌木丛，闯入别人家里寻求庇护，潜入巴拉瓜苏的河水之中，有一次还成为近距离的靶子，圣父桑构①拯救了他；不仅如此，作为一名职业军人与射击冠军，复仇者击中他的概率也不是很大。

刚刚到达皮兰尼亚斯，乌巴尔多就停在了萨博的床上。由于法官与神父对婚礼的见证，这张床同样也属于林多尔夫·伊塞吉埃尔。当时他为了执行任务，恰巧需要离开几天。委托人是一名议员，他将林多尔夫和他的武器带到了一个遥远的城镇，需要处死的罪人就住在那里。床上空着呢，萨博急

---

① 桑构是非洲约鲁巴人宗教中的神。

切地说，一副可怜相。即便如此，仍有人告诫诗人小心引来杀身之祸——此人是他的房东，并从他那儿获赠了几本通俗刊物——还是赶紧抽身出来吧，我的朋友，林多尔夫·伊塞吉埃尔杀了不下三十个人啦，这还不包括最早的那几个，那时候他还不出名。乌巴尔多却不相信：这些阿拉戈斯人都太保守了，不管怎么说，女人都是值得的，哪怕要冒再大的风险。

有人看到他刚刚入夜便钻进了萨博的房门，直到天亮还没有出来。因为姑娘总是欲求不满，不断地想要再来一次；而我们的诗人棋逢对手，也希望能一展雄风——不仅仅是力量与热情，还有极致的技巧，他绝不是一个门外汉。在他曾经师从的优秀妓女中，还有一个法国女人。他学会了好上加好的技艺，是一名出色的情人。

至于林多尔夫·伊塞吉埃尔为何会中途折返，

并在每周市集最热闹的时候出现在皮兰尼亚斯，我们不得而知。就在同一时间，乌巴尔多与萨博正享受着他们的告别仪式，这是最纯洁、最精华的部分，由于疲惫而动作缓慢，由于思念而充满柔情。枪手将火枪握在手中，声称要在公共广场阉割了他，然后再将他杀死。人们紧紧跟随在林多尔夫身后，为这个声明兴奋不已，仿佛他们都是死神的随从。

林多尔夫一脚将门踹开，萨博了解这种开门方式：是我丈夫，她说，并慢慢露出微笑。

乌巴尔多训练有素，快速搜寻着能够遮掩裸体的衣物，因为他一向衣冠楚楚，从不会以裸体示人。紧急之中，他只找到萨博粉红睡袍的上半部分，便将它套在头上。乌巴尔多人高马大，这件漂亮的小上衣甚至盖不到肚脐，但也绝非他们杜撰的那样裸体。他刚从窗户跳出去，戴绿帽子的火枪手就冲进来了。萨博,作为无辜的受害者与贞节的妻子,控诉了诗人对她的引诱与强暴。她曾经顽强地反抗,现在则要丈夫替她复仇。我会割掉这个流氓的睾丸,在他的头顶补上一枪。别担心,亲爱的,我会用鲜血洗刷你的耻辱。

他们就这样穿过了皮兰尼亚斯的市集。跑在前面的是诗人乌巴尔多·卡帕多西奥,他穿着一件短小的女士上衣,阴囊露在外面,已被判刑的两只睾丸晃来晃去。后面是全副武装的枪手,手里拿着一把阉割公猪的钢刀,刀尖无比锋利。爱看热闹的群众尾随其后。经历过晚上的狂欢与清晨的告别,乌巴尔多·卡帕多西奥已经十分疲倦。他的领先优势正逐渐缩短,离杀手钢刀越来越近。一阵寒意涌向睾丸,唉!

道路中间是群鸟的集市,无数鸟笼挡住了去路。由于速度太快、恐惧太深,乌巴尔多无暇转弯，一头撞进了鸟笼组成的城墙上。数百只鸟儿获得了自由，重新张开翅膀飞翔。所有的鸟儿聚集在一起，简直不可胜数，从斑鸠到鸫鸟，从黄鹂到红雀，从金丝雀到小鹦鹉，它们衔起乌巴尔多·卡帕多西奥轻薄的上衣，带着他向天空飞去。十二只金刚鹦鹉在前面开路，穿越云层引领着诗人——他轻盈得像一首诗。

林多尔夫·伊塞吉埃尔在集市中央生了根，如今仍站在那里。他变成了一棵高大的牛角树①，也是东北部最茂盛的一棵。他为手艺人提供原材料，供他们制作各种东西：梳子、戒指，还有装甘蔗酒的牛角杯。曾经的枪手就这样变成了真正有益于大众的物品。而萨博也归属于全体居民所有，并马上得到了贾尔德·哈马里奥上校的庇护，后者还认真

---

① 在葡语中，牛角即意味着"绿帽子"。

见证了追捕与奇迹。

群鸟带着乌巴尔多·卡帕多西奥在阿拉戈斯上空翱翔,乘风而起的还有那得救的睾丸。当穿过塞尔吉皮的边界之后,便将他放在了一座女修道院中。修女们礼貌地接待了他,没有问任何问题。

≈

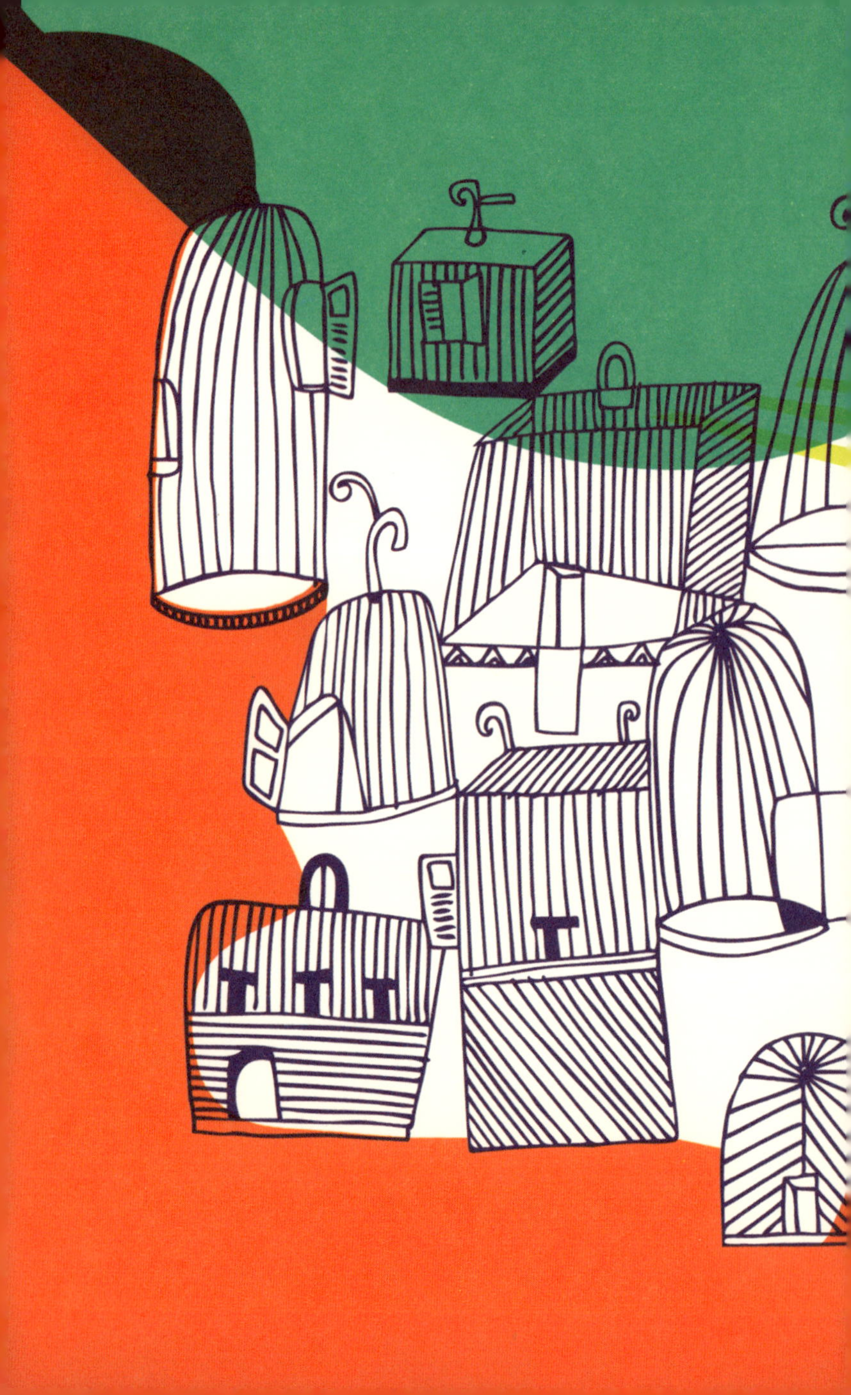

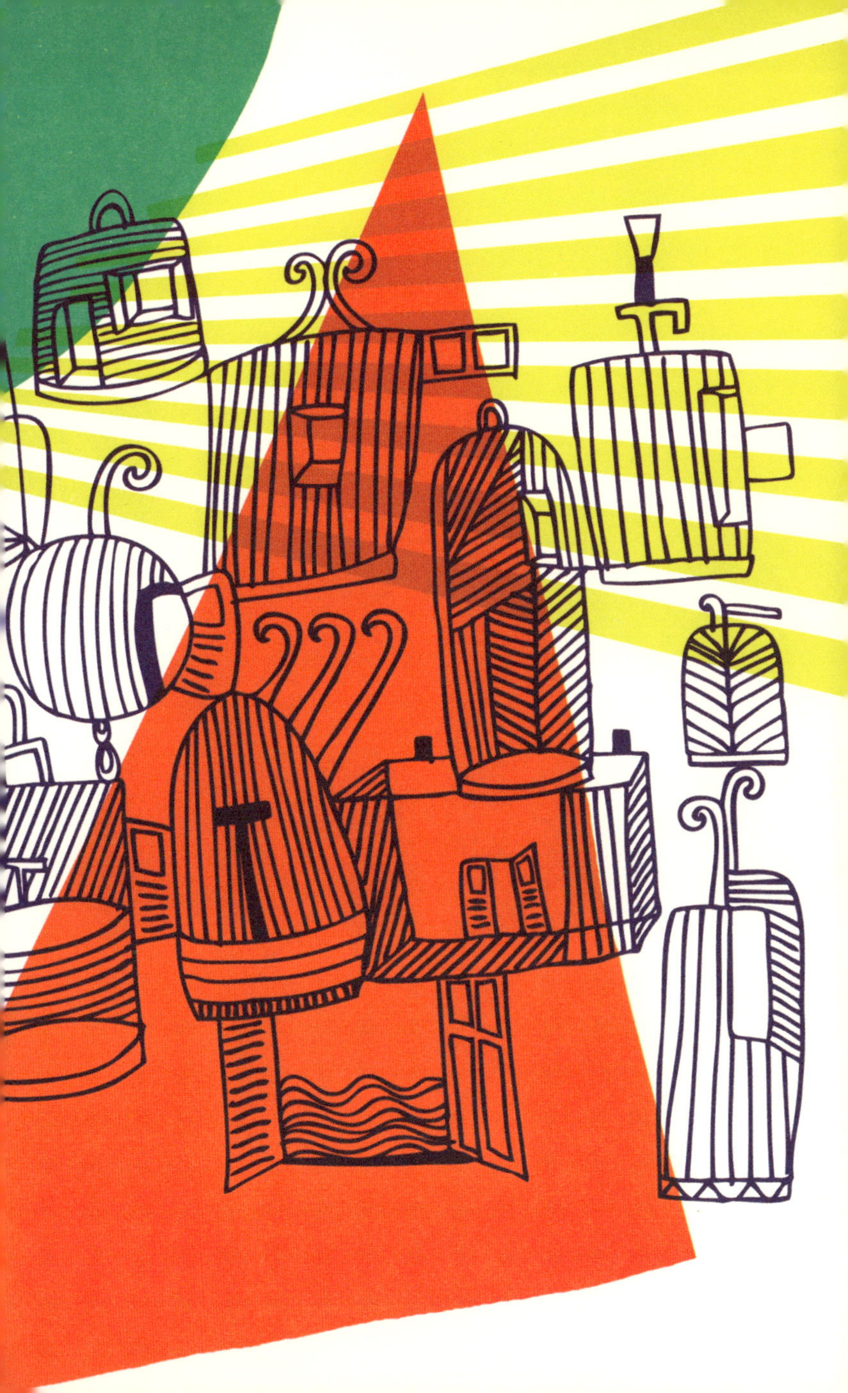

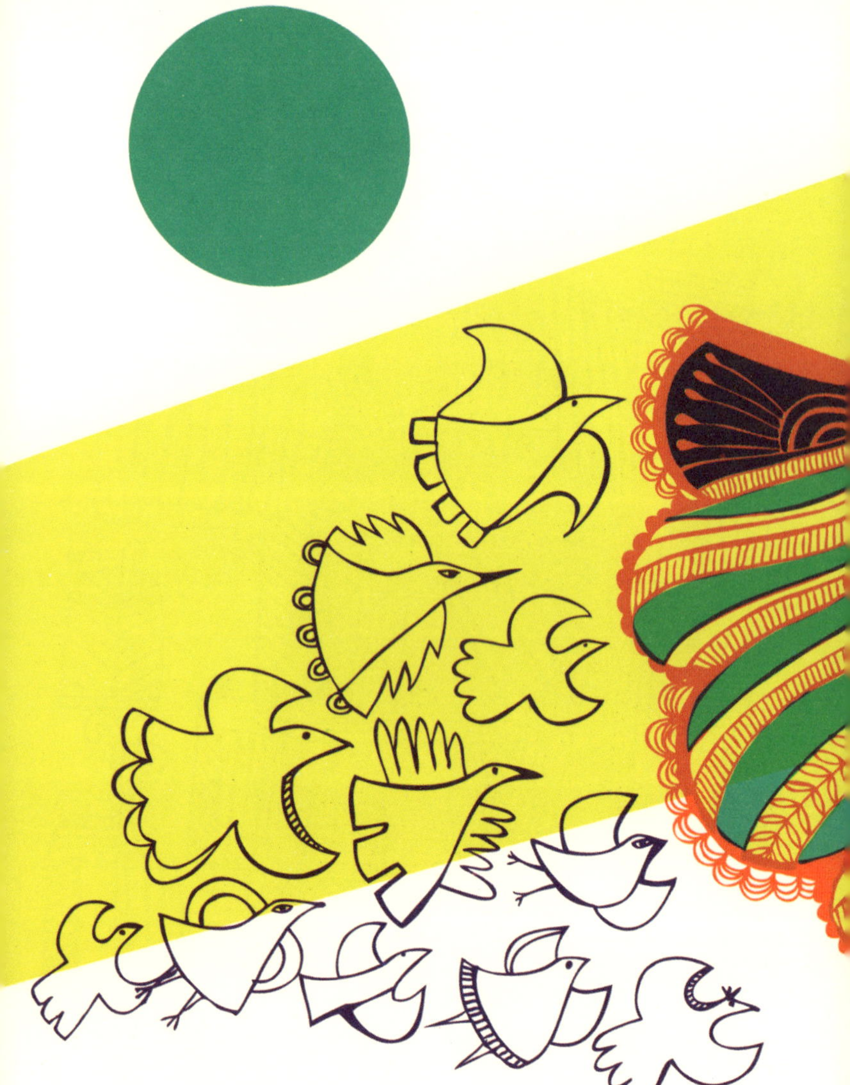

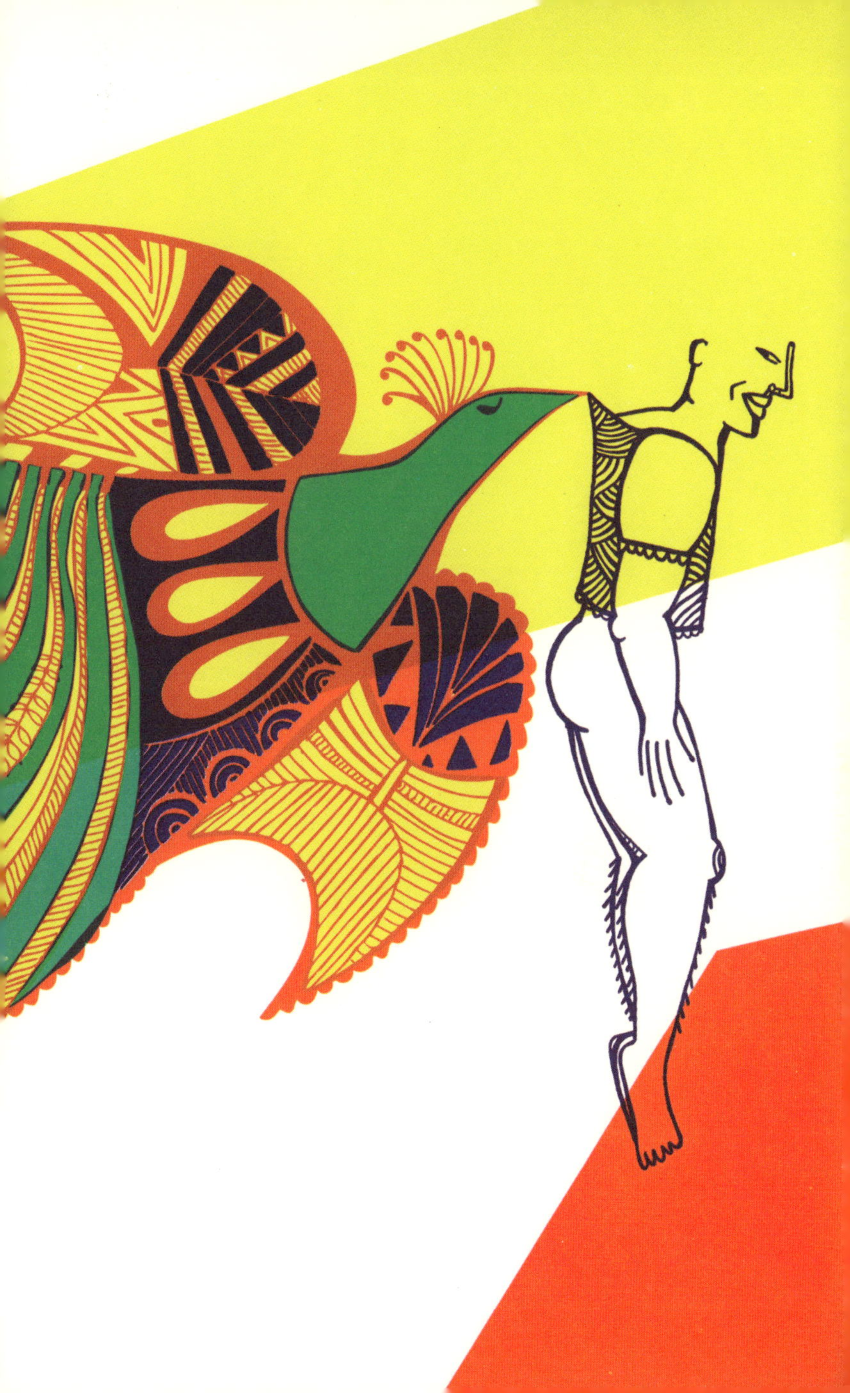

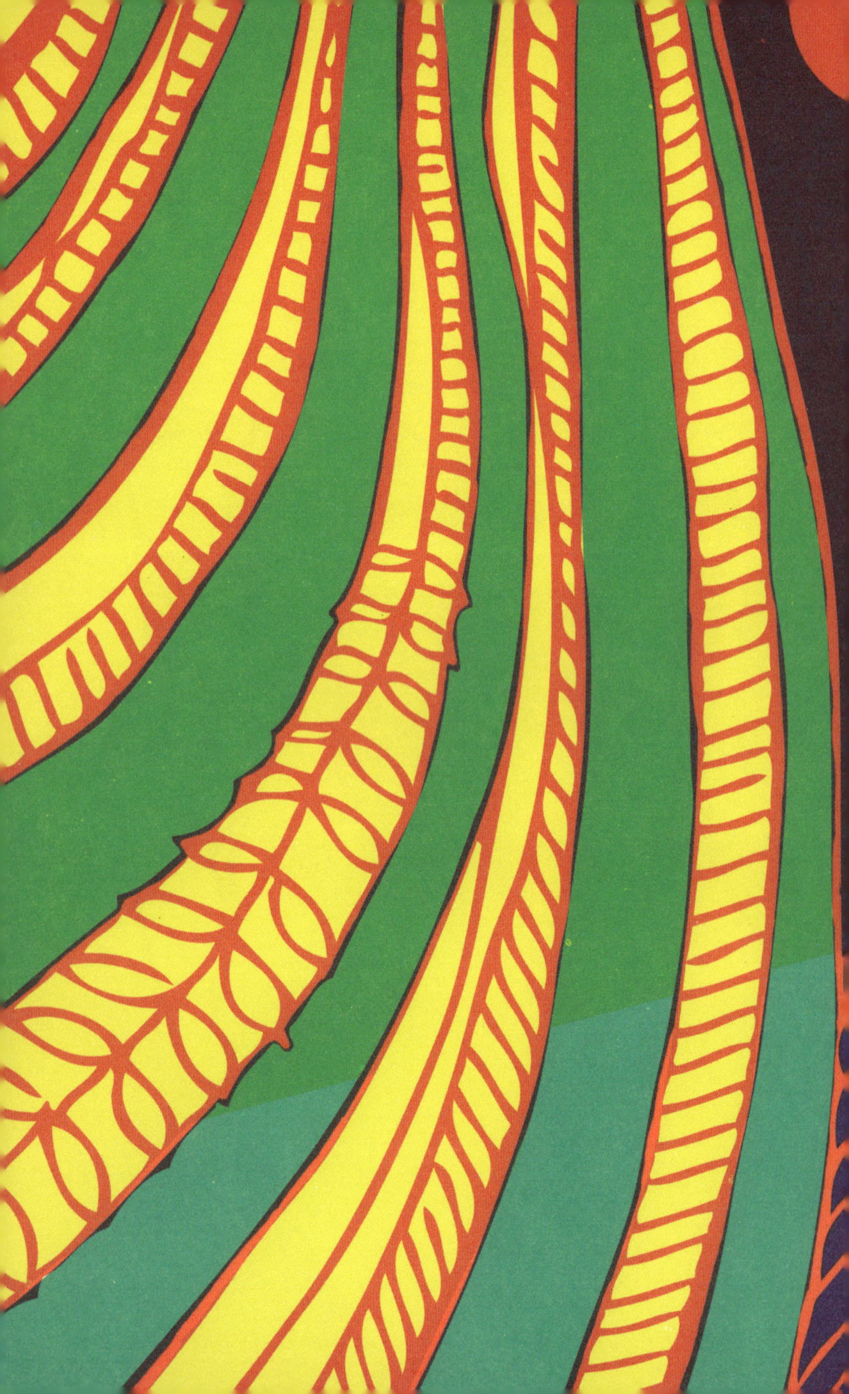

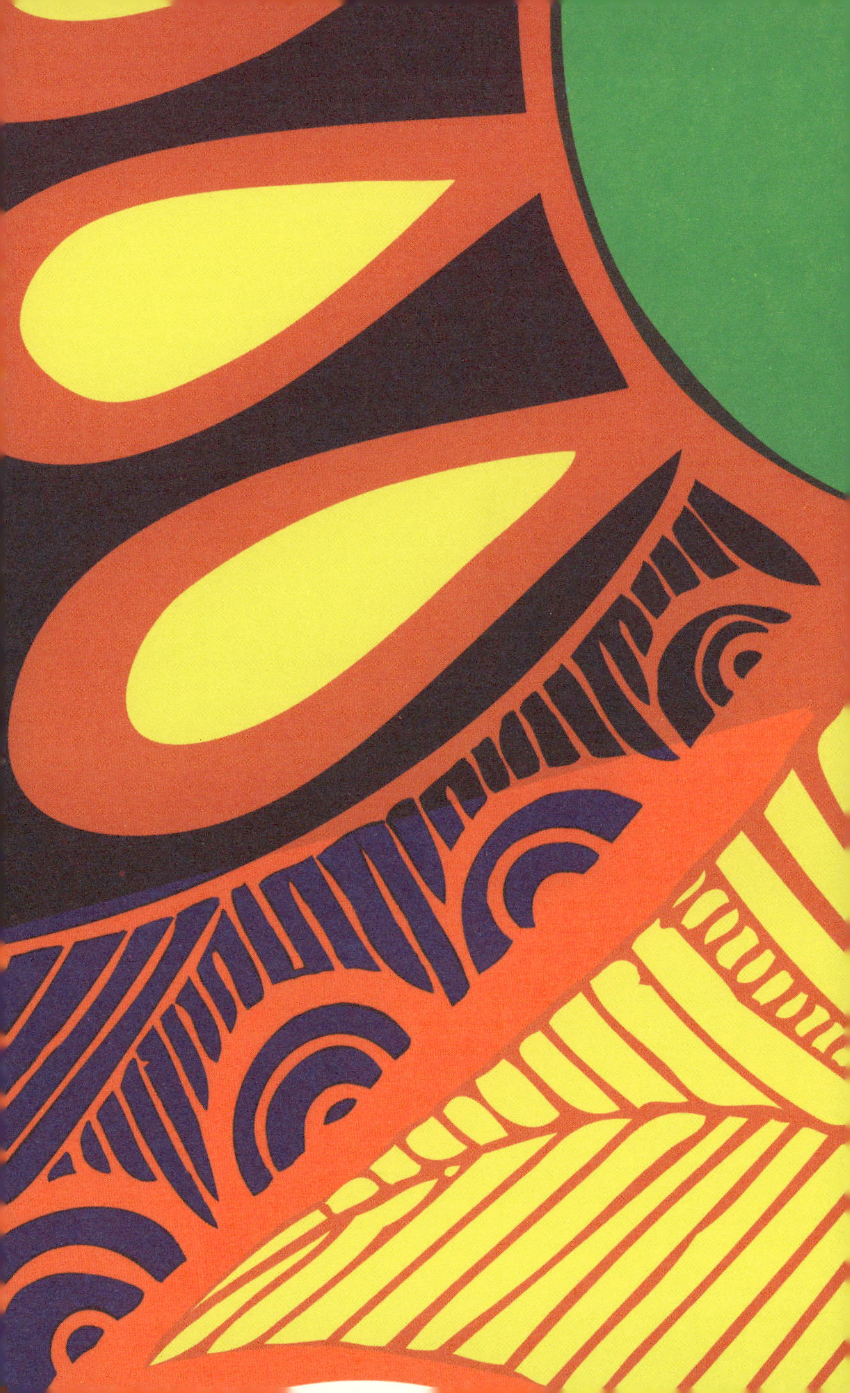

亚马多的语言奇迹

安娜·米兰达

> 我更喜欢长篇小说。短篇小说需要精简篇幅,而我肯定没有这种能力。我是一名文风冗长的小说家,在我的书中,一个故事接着另一个故事。

——若热·亚马多
面对伊德拉·凡·斯蒂恩采访时如是说

若热·亚马多是一位融入了广袤世界的小说家。他的文学诞生于回忆，诞生于他在巴伊亚腹地可可庄园中度过的童年时代，也诞生于他在萨尔瓦多山坡上自由的少年时期。他的文学来源于一种奇妙的生活，就像在生活本身一样，一个故事接着另一个故事，不可能将这种经历压制在受限的形式之中。对于一名生长在"万圣万罪之城"的巴伊亚作家而言，短篇小说过于简练，无法表达其性格中的活力与热情。他是一个永远对读者敞开大门的人，是愿意为每一位青年作者写推荐信的人，他同每一个人交谈，无论卑微抑或强势，他在路上行走，观察各种境况下的人。在他的理解中，无法把任何一个人物排除在外。

尽管在巴西作家中，短篇小说是一种十分流行的形式，但是我们最为世界所知的小说家却只写作并出版过八篇。仿佛一轮周期漫长的明月，每过十年才能盈满一次。他任凭短篇自然流出，或者由于他人的委托，或者出于自身的需要。虽然亚马多主动摒弃了这一形式，但他的短篇小说也同长篇小说一样，自然、真实、值得信赖。一个故事接着另一个故事：它强调了故事讲述者的作用，而讲述故事正是亚马多吸引人的地方。这是人性中最美的艺术：它源于一个遥远的时代，人们围坐在篝火旁边，聆听在黑暗与寂静中写就的故事，也即人类最深刻的历史；也源于我们的童年，当我们倾听着母亲或乳母那些或精彩或恐怖的描述，形成莫名的恐惧与隐秘的渴望，还有对世界最初的反思。故事是最原始的馈赠，它利用想象使我们明白人类的冒险，赋予我们创造世界的能力。讲述故事意味着无尽的可能，游戏本身也演变出许多形式，就这样，短篇小说孕育出神话、诗歌、中篇小说以及最终的长篇小说。它的结构就像一幅图画，又或者一个深渊；它是构建的艺术，是拆解的艺术，同时也是嵌入的艺术。每位讲述者都包含着另一位讲述者，每一个故事都包含着另一个故事，就这样继续下去，无穷无尽……

《群鸟的奇迹》就是这样一幅画面。看到作为短篇小说家的亚马多是件令人欣悦的事情。他在这里讲述了一个美丽、独特、刺激、有趣的故事：被捉奸在床的诗人穿着一件女式上衣,在群鸟飞翔的翅膀中成功逃脱。这是若热·亚马多作为抒情诗人的典型情节,仿佛一部长篇小说的核心,使我们回忆起童年最初接触这个魔法世界时的愉悦。

从对简短故事的构思上来讲,《群鸟的奇迹》可能是若热·亚马多最完美的短篇小说。在这里,情节是线性的,所有元素共同构建了这一叙述。这里有暗示也有震撼,有沉寂也有对抗,所有这一切都仿佛在为非同寻常的结尾服务。在这篇荒谬虚构、结局奇特的小说里,若热·亚马多再次挑战了常规的习俗,揭开了资产阶级男女的道德禁忌。他在这里展现了一种自由的态度,表明了反抗性欲规则的个体欲望。除此之外,这还是一篇歌颂女性的作品,有一部分篇幅正是在颂扬那些优秀的妇女。

《群鸟的奇迹》在相对时间上绕了一个大圈,仿佛来自遥远的神话遗留。那些被遗忘的神话已经失去了宗教含义,但仍保留着原始意味。在这篇小说里,若热·亚马多遍寻了集体想象中的主要线索,试图找到一种尖刻的变体。他的小说来自于包含鲜活人物与道德意蕴的寓言，也来自于卡洛西尼亚[1]与跛脚巫婆[2]的童话故事。作为一名伟大的小说家，亚马多的语言富于变化，结构循环往复，叙述也极为纯粹。他的热情、勇敢、真挚，他那独一无二的风格，使得无论对于短篇小说还是长篇小说，他都是令人惊叹的若热·亚马多。

---

[1]《卡洛西尼亚太太》是巴西出版的第一部童话故事书。
[2] 跛脚巫婆是巴西民间故事中的人物。

若热·亚马多

1912—1930

若热·亚马多于1912年8月10日出生于巴伊亚州的伊塔布纳市。1914年,他的父母搬到了伊列乌斯。在那里,他开始学习识字。十一岁时,他在学校的作文《大海》吸引了老师路易斯·贡萨迦·卡布拉尔神父的注意。卡布拉尔神父不仅借给他许多葡萄牙语作家的书,还借给了他斯威夫特、狄更斯与司各特等人的作品。1925年,亚马多从萨尔瓦多的安东尼奥·维埃拉寄宿学院逃走,穿越巴伊亚腹地来到塞尔吉皮的爷爷家,在那度过了"两个月精彩的流浪生活"。1927年,亚马多还只是萨尔瓦多的伊皮兰加中学的学生,就已经开始为《巴伊亚日报》《公正报》当政治记者,并在杂志《手套》上发表文章《诗歌与散文》。1928年,若泽·亚美利哥·德·阿尔梅达发表小说《甘蔗种植园》。按照若热·亚马多的说法,这部小说"所谈论的乡村现实之前从未有人写过"。若热加入了反叛者学会,这个团体支持的是"非现代主义的现代艺术"。1929年,亚马多以Y. Karl为笔名,同埃德森·卡尔内罗、迪亚斯·德·科斯塔一道,在《报纸》上发表了小说《莱尼塔》。

1931—1940

1931年,亚马多出版了第一部长篇小说《狂欢节之国》。1931到1935年,他一直在里约热内卢的国家法律学院读书,但在毕业之后从未从事律师行业。若热认同"三十年代文学运动",同时参与其中的还有若泽·亚美利哥·德·阿尔梅达、拉谢尔·德·盖洛斯、格拉西里阿诺·拉莫斯以及其他关心社会问题、重视区域特点的作家。1933年,吉尔贝托·弗莱雷发表了《华屋与棚户》,对若热产生了深刻影响。同年,若热与玛蒂尔德·加西亚·罗萨结婚,两年之后,他们的女儿尤拉利亚·达利拉出生。1934至1938年间担任若泽·奥林比奥出版社发行负责人。巴西共产党员的身份使他遇到了一些麻烦。1936年，若热遭到逮捕，罪名是参加了一年前的共产主义暴动。1937年，"新国家"①成立之后，他再次被捕。在萨尔瓦多的公共广场上，他的作品被焚毁。

1941—1945

1941年，"新国家"正值鼎盛时期。若热·亚马多追寻路易斯·卡洛斯·普莱斯特斯的足迹前往阿根廷与乌拉圭。1942年，亚马多为其撰写的传记《路易斯·卡洛斯·普莱斯特斯生平》在布宜诺斯艾利斯出版，后更名为《希望的骑士》。回到巴西之后，亚马多第三次被捕，并在监视下被遣返萨尔瓦多。他开始为报纸《晨报》撰稿，成为巴西共产党所办的《今日》日报的主编，并担任巴苏文化中心秘书。1942年，亚马多重返《公正报》并撰写专栏"战争时刻"，一直到1945年战争结束。1943年，

---

① 1937至1945年，热图里奥·瓦尔加斯在巴西推行的政治体制，主要特点为个人集权、民族主义、反共产主义等。

在他的作品被禁六年之后,《无边的土地》出版。1944年,亚马多与玛蒂尔德·加西亚·罗萨离婚。1945年,同圣保罗的泽利亚·加泰结婚。同年,巴西共产党将他选举为国会议员。《无边的土地》则由阿尔弗雷德·克瑙夫出版社在纽约出版,拉开了在全球发行亚马多作品的序幕。

1946—1950

1946年,作为国会议员的亚马多递交了保证宗教自由与巩固著作权的提案。1947年,巴西共产党被宣布为非法党派,不久之后,亚马多的职务被撤消。同年,泽利亚·加泰的第一个孩子若昂·若热出生。1948年,由于政治迫害,亚马多自愿一人流亡巴黎。警察闯入了他在里约热内卢的家,拿走了他的书籍、照片以及文件。泽利亚与若昂·若热启程前往欧洲与作家团聚。1950年,亚马多的大女儿在里约热内卢去世。同年,亚马多一家被政治警察驱逐出法国,搬到捷克斯洛伐克的作家联盟城堡居住。他们前往苏联和中欧旅行,与社会主义制度的联系愈发紧密。

1951—1970

  1951年，若热·亚马多在莫斯科接受了斯大林奖。女儿帕洛玛在布拉格出生。1952年，亚马多返回巴西，居住在里约热内卢。在麦卡锡主义期间，亚马多及其作品被禁止进入美国。1954年，亚马多当选为巴西作家协会主席。1956年，他宣布退出巴西共产党。1958年，随着《加布里埃拉》的出版，作者拿到了多项大奖并进入了新的创作阶段，其中种族与宗教融合的探讨为这一时期的主要标志。1959年，亚马多在阿佛亚之家接受了"奥巴·阿罗鲁"头衔[1]。尽管他是一名"坚定的唯物主义者"，但赞美坎东布雷教，认为它是一个"欢乐且无罪"的宗教。1961年，亚马多将《加布里埃拉》的电影改编权卖给了米高梅。后者答应为他在萨尔瓦多的红河区建造一座房子。从1963年开始一直到他去世，亚马多一家都住在那里。同样在1961年，他获得了巴西文学院的第23号席位。

---

[1] 坎东布雷教的荣誉头衔。

1971—1985

1971年,亚马多受到宾夕法尼亚大学的邀请,前往美国讲解一门关于他作品的课程。1972年,圣保罗的"皇家林斯"桑巴舞学校以"若热·亚马多的巴伊亚"为主题举行了游行。1975年,由索尼亚·布拉加主演的电视剧《加布里埃拉》在地球频道放映,由马塞尔·贾木斯执导的电影《夜间牧人》也进行了首映。1977年,亚马多在萨尔瓦多接受了阿佛谢[1]荣誉成员的称号。同年,《奇迹的店铺》上映,导演是尼尔森·佩雷拉·杜斯·桑托斯。1979年,由布鲁诺·巴雷托执导的长片《弗洛尔太太和她的两个丈夫》上映。自1983年开始,若热和泽利亚便部分时间住在法国,部分时间住在巴西。其中若热最喜欢的是法国的秋天,而在巴伊亚,他找不到写作所需要的安宁。

---

[1] 坎东布雷教的游行团队。

1986—2001

  1987年,若热·亚马多基金会在萨尔瓦多成立,标志着佩鲁林诺区的重大变革。1988年,"去去"桑巴舞学校凭借"若热·亚马多:巴西种族的历史"取得了圣保罗狂欢节的冠军。1992年,亚马多在摩洛哥参加了名为"融合:以巴西为例"的第14届阿斯拉哈文化节,并到维也纳参加了世界艺术论坛。1995年,亚马多获得卡蒙斯奖。1996年,在经历了几年前的肿胀与视力下降之后,亚马多又在巴黎患上了肺部水肿。1998年,作为荣誉嘉宾参加了以巴西为主宾国的第18届巴黎书展,获得巴黎第三大学与里斯本现代大学荣誉博士称号。在萨尔瓦多,佩鲁林诺区的各个广场都以他作品中的人物命名。经过不断的住院治疗,若热·亚马多于2001年8月6日与世长辞。

若安娜·里拉，1976年出生于累西腓，如今已在圣保罗居住了十年。1997年由伯南布哥州立大学美术设计专业毕业，现为一名插画家。自2001年起，负责累西腓"狂欢节透视与视觉身份"项目的运行。除本书之外，还曾为雷济纳尔多·普兰迪的《非洲巴西故事：创世记》（2007年）等配图。

安娜·米兰达，1951年出生于福塔莱萨。曾在巴西利亚、里约热内卢与圣保罗生活过一段时间。现居住于塞阿腊。1989年发表处女作《地狱之口》并获得雅布提突出奖，其小说家生涯亦由此开始。在各处游历过程中创作出多部作品，包括《非世界》（1996）、《阿米里克》（1997）、《一天又一天》（2002），其中《一天又一天》获得了雅布提长篇小说奖与巴西文学院奖。参与编写杂志《亲爱的朋友》，同时也是《巴西邮报》的专栏作家。曾在美国耶鲁大学与斯坦福大学任访问作家，并代表巴西参加了在罗马的拉丁语联盟。

樊星，2011年毕业于北京大学外国语学院葡萄牙语专业。现为巴西坎皮纳斯大学（Unicamp）文学院硕士研究生，以若热·亚马多为主要研究对象。译有保罗·科埃略《魔鬼与普里姆小姐》、何塞·曼努埃尔·马特奥《看情况啰》、斯蒂芬·茨威格《巴西：未来之国》。